Herr Dogder, dess do geht nimmie lang gut!

Der Autor

Hermann Roland Bolz, 1952 in Kaiserslautern geboren, verlebte dort eine glückliche Kindheit und Jugend. Angeregt durch seinen flugbegeisterten Vater widmete er sich schon früh dem Modell-, und hierauf aufbauend bereits mit 14 Jahren dem Segelflug, welchen er auch heute noch als Vereinsfluglehrer betreibt.

Nach dem Abitur verpflichtete er sich für zwei Jahre bei der Bundesluftwaffe. Sein Wehrdienst war überschattet von den dramatisch-tragischen Ereignissen um die israelische Olympiamannschaft, welche er als stellvertretender Wachhabender im Jahre 1972 auf dem Fliegerhorst Fürstenfeldbruck unmittelbar erlebte, und die ihn in seiner Lebenseinstellung nachhaltig prägten.

Anschließend studierte er Forstwissenschaften in Freiburg im Breisgau. Sein hieran anknüpfender beruflicher Lebensweg umfasst zahlreiche Stationen inner- und außerhalb der Forstverwaltung von Rheinland-Pfalz. So war er nach dem Fall des Eisernen Vorhangs als Amtshelfer in Thüringen, als Verwaltungsmodernisierer in der rheinland-pfälzischen Staatskanzlei und nicht zuletzt als Entwicklungshelfer in Jordanien tätig. Bis zu seiner Ruhestandsversetzung im Jahr 2019 war er Direktor der Zentralstelle der Forstverwaltung in Neustadt an der Weinstraße.

Hermann Roland Bolz ist verheiratet und Vater von sieben Kindern.

Er ist geprägt durch seinen an weiten Zeithorizonten und komplexen natürlichen und sozioökonomischen Systemen orientierten forstlichen Beruf und inspiriert sich immer wieder durch die einzigartige Weltperspektive des Segelfliegers. Im Mittelpunkt seines Handelns steht der Wunsch, seiner Verantwortung gegenüber künftigen Generationen gerecht zu werden. Daher beschäftigt er sich heute intensiv mit den aktuellen gesellschaftlichen Herausforderungen. Im Fokus steht dabei die Frage der Nachhaltigen Entwicklung der Menschheit.

4

Hermann R. Bolz

Herr Dogder, dess do geht nimmie lang
gut!

Für Hannelore,

die immer der Rückhalt der Familie ist!

© 2020 Hermann R. Bolz
Herstellung und Verlag: BoD – Books on Demand, Norderstedt
Umschlagfotografie: Anonymus
ISBN: 978-3-7526-8782-8

Bibliographische Information der Deutschen Bibliothek:
Die Deutsche Bibliothek verzeichnet diese Publikation in der Deutschen Nationalbibliographie; detaillierte bibliographische Daten sind im Internet über http://dnb.ddb.de abrufbar

Inhalt

Prolog...11

Von der Geburt bis zum Einzug zur Wehrmacht.................16

Brennholz und Grubenholz..20

Militärdienst in den letzten Kriegsmonaten....................22

Der Holzhandel in den letzten Kriegsmonaten................26

Die Zeit unmittelbar nach dem Krieg............................28

Beinahebegegnungen..32

Die bayerische Grube..36

Die Pferde..39

Die Gerüststangen..41

Ein beinahe folgenschwerer Unfall..............................42

Arztbesuche..44

Die letzten Pferde..47

Lohnsteigerungen..49

Reklamationen an höherer Stelle................................51

Überladen..53

Ein ungewöhnlicher Km-Stand...................................55

Mein Mann schläft noch...57

Holzdiebstahl..59

Epilog...61

Vom Autor bisher erschienen.....................................64

Prolog

Es war ein sympathischer, älterer Herr, der mich, begleitet von seiner Tochter, in meinem Forstamtsbüro aufgesucht hatte. Nachdem die beiden Platz genommen, und wir uns bekannt gemacht hatten, teilte er mir mit, er möchte schwaches Eichenstammholz kaufen. Das klang gut, das klang sehr gut, denn der Eichenschwachholzmarkt war seinerzeit im wahrsten Sinne des Wortes schwach, und Käufer wurden händeringend gesucht. Selbst die zuständigen Kollegen der Forstdirektion im entfernten Neustadt an der Weinstraße konnten nicht wirklich helfen.

Im Verlauf des Gesprächs äußerte der Kunde den Wunsch, die Bestände, aus denen das Holz kommen würde, zu sehen. Dem entsprach ich gerne und während einer Waldfahrt zeigte ich ihm geeignete Waldorte. Er bekundete großes Interesse an dem Holz. „Ja, dieser Bestand ist gut!" hörte ich ihn allemal sagen. Zurück im Büro wurde verhandelt. Nach einigem Hin und Her einigten wir uns auf Menge und Preis. Ein entsprechender Kaufvertrag wurde geschlossen, und der Handel mit einem Glas Cognac begossen. Ich war froh, als junger Forstamtsleiter ein so gutes Geschäft gemacht zu haben. Als die beiden sich verabschiedeten erklärte er, dass er sich derzeit wegen eines kürzlich erlittenen Herzinfarkts von seiner Tochter chauffieren lasse, ansonsten führe er schon selbst.

Das Holz wurde zügig eingeschlagen, aufgemessen und zur Übernahme angeboten. Von Seiten des Käufers erfolgte jedoch hierauf, auch nach mehrmaligem Mahnen, keine Reaktion.

Misstrauisch geworden unterzog der zuständige Sachbearbeiter den Kopfbogen des Käufers aus dem zurückliegenden Schriftverkehr einer kritischen Untersuchung. Er stellte fest, dass die Abkürzung dessen Vornamens auffällig war. Unter der Lupe konnte man erkennen, dass es sich dabei nicht um ein „J." sondern um ein „I." handelte. Der Eindruck des „J." entstand durch einen zusätzlich links schräg unter dem Buchstaben angebrachten Punkt, der, vergrößert, ohne Verbindung mit dem „I." war. Der Kollege war der festen Überzeugung, dass sich dieser Punkt nicht zufällig dort auf dem Geschäftsbogen befand.

Recherchen ergaben dann auch, dass der Käufer nicht Inhaber der Firma war, sondern dessen Frau. Es war eben nicht die Firma eines Josip, sondern die einer Ilona. Kontaktiert gab diese an, ihr Mann sei entmündigt. Er fahre wohl tagtäglich über Land um Holzgeschäfte zu machen. Das sei sein Hobby aus alten Tagen. Wenn sie das Holz gebrauchen könne, steige sie in die Verträge, die er abschließe, ein, ansonsten, und das sei hier der Fall, nicht.

So hatten wir nun ein schlecht verkäufliches Holzsortiment in beachtlicher Menge am Wegrand liegen und dafür keinen Käufer. Dass es sich dabei um Holz aus verschiedenen Gemeindewäldern handelte, war umso ärgerlicher, denn diese würden auf dem Vollzug des Vertrages bestehen und selbst bei einem späteren Weiterverkauf konnte ein zu erwartender Mindererlös erhebliche Konsequenzen haben.

Einige Zeit später fuhr ein anderer Holzkäufer auf den Forstamtshof. Sein Fahrzeug war ein schlichter 1200er VW-Käfer, unauffällig grün lackiert. Nach Anmeldung durch das Vorzimmer trat er ein. Aufrecht und mit offenem Blick ging er auf

mich zu und schüttelte mir kräftig die Hand. Er war unschein-
bar adrett gekleidet und trug sein dunkles Haar streng nach
hinten gekämmt. Er sprach einen angenehmen und gleichzei-
tig sehr ausgeprägten Pfälzer Dialekt. In dieser Erzählung will
ich ihn des Schutzes seiner Persönlichkeit halber „unseren älteren Herrn" nennen, wie auch die vielen anderen hier er-
wähnten Personen nicht namentlich genannt werden.

Wir unterhielten uns lange und er teilte eine große Zahl von
beruflichen Bekannten mit mir. Seine Ausführungen zu vergangenen Ereignissen trug er lebhaft und engagiert vor.
Gerne verweilte er in alten, aus seiner Sicht besseren Zeiten
und kommentierte aktuelle Ereignisse in Politik, Wirtschaft
und Gesellschaft mit selbstsicheren, offenen Kommentaren,
wie etwa: „Dess do geht nimmie lang gut!", „Iss dann dess
normal?", oder in Abwandlung: „Dess do iss doch net normal!" und schließlich: „Wann dess do gut geht, geht nix mä
schief!" Wenn er dabei mich adressiert, ergänzte er die An-
rede mit: „Herr Dogder, ...".

So kam es, dass ich ihm von dem missglückten Holzgeschäft
berichtete. Und sofort ertönte eine dieser Lieblingsfloskeln:
„Herr Dogder, iss dann dess normal?" Und ohne großes Zö-
gern bot er mir an, dieses Holz zu übernehmen. Dabei nutzte
er meine Situation keineswegs aus, und wir konnten einen guten Abschluss treffen. Den angebotenen Cognac wies er zurück. Im Gegensatz zu dem anderen trank er nie Alkohol.
Überhaupt lebte er enthaltsam. „Vom Geldausgeben ist noch
niemand reich geworden, habe ich Recht?", war sein Credo.

Vor wenigen Jahren, 35 Jahre nach unserer ersten Begeg-
nung, haben wir seinen 90. Geburtstag gefeiert. Da meine

Frau und ich am Ehrentag selbst zu einem anderen 90. Geburtstag in Südfrankreich eingeladen waren, trafen wir uns ein paar Wochen später in einem schönen Lokal zum Abendessen. Bei einem hervorragenden Menü mit wohlschmeckenden Getränken, auch hier trank er im Gegensatz zu uns anderen keinen Schluck Alkohol, wurden viele Geschichten erzählt. Die Zeit verging im Nu. Kurz vor dem Aufbruch nach Hause entstand die Idee, in Buchform über wichtige berufliche Ereignisse in seinem Leben zu berichten.

Einen Schwerpunkt bildete bei diesen Ereignissen die Zeit während und nach dem Krieg. Eine Zeit, über die die betroffene Generation nicht gerne erzählt. Dabei wurden damals viele Erfahrungen gewonnen, die es wert sind, an die jüngeren Generationen weiter gegeben zu werden. Es sind Erfahrungen darüber, wie man unter größten Belastungen Kriegszeiten durchleben und danach die Kraft zum Wiederaufbau eines völlig zerstörten Landes haben kann. Erzählungen über Probleme, vor denen unsere heutigen mehr als verblassen. Deshalb habe ich mich entschlossen, in diesen Zeitabschnitt auch Erzählungen anderer Personen einfließen zu lassen. Einfach, um auf diesem Weg ein wenig mehr Erinnerung an die Menschen zu bewahren, die all' ihre Kraft gegeben haben, um für sich und ihre Nachfahren wieder lebenswerte Umstände in unserer Heimat aufzubauen. Handanlegen für eine gute Zukunft. Zum Demonstrieren oder zur Bildung von Bürgerinitiativen, die in aller Regel lediglich gegen etwas sind, hatten sie dabei keine Zeit. Taten anstelle von Worten war ihre Devise.

Bei all' den Erzählungen sind wir gut beraten, zu berücksichtigen, dass wir Menschen unsere Erinnerungen im Zeitablauf ständig umformen. Viele Jahre später erscheint das eine oder

andere in einem anderen Licht, in einem anderen Zusammen-
hang und mit einem anderen Tenor, als zuvor. Für uns Ange-
nehmes und Positives wird verstärkt, anderes verblasst. Das
ist menschlich, der Kern der Ereignisse bleibt dabei jedoch be-
wahrt. Es kann daher sein, dass sich betroffen Fühlende die
Dinge anders, als hier dargestellt, empfinden. Ihnen sei gesagt, dass mit dieser Erzählung niemand verletzt werden soll
und für abweichende persönliche Ansichten jederlei Verständnis gegeben ist.

Von der Geburt bis zum Einzug zur Wehrmacht

Die Wurzeln seiner Familie liegen in Morlautern, einem auf der Höhe nördlich von Kaiserslautern gelegenen kleinen Dorf. Seine Großmutter, liebevoll Lehnchen genannt, gebar dort einen Jungen, seinen Vater. Der Großvater war von Beruf Schneider. Er verstarb sehr früh. Das Kind zählte nicht einmal ein Jahr.

Nach dem Verlust ihres Mannes verkaufte die Witwe ihr Anwesen in Morlautern und zog nach Fischbach bei Hochspeyer. Dort heiratete sie erneut und brachte in der Folgezeit einen Sohn und eine Tochter zur Welt. Mit ihrem Ehemann baute sie eine florierende Landwirtschaft auf, wobei ihr auch das Geld, das sie aus der Veräußerung ihres Hauses in Morlautern erzielt hatte, zu Gute kam. Lehnchen hatte sehr viel Geschäftssinn. Sie verstand es, was seinerzeit nicht selbstverständlich war, sich als Frau zu behaupten und so setzte sie auch den Kauf eines Eckhauses in Hochspeyer durch, in dem die Familie danach eine Gastwirtschaft betrieb.

Für seinen Vater stellte sich die Frage nach einer beruflichen Tätigkeit, und so entschloss er sich 1924, einen Brennholzhandel aufzubauen. Nach dem verlorenen Weltkrieg bestanden damals alles in allem sehr schwierige wirtschaftliche Verhältnisse. Die Versorgung der Bevölkerung erfolgte, verglichen mit heute, auf sehr niedrigem Niveau. Die Produkte kamen überwiegend aus der Region. Angesichts des Waldreichtums seiner Heimat lag es daher nahe, Holz als Energielieferanten für die heimatlichen Herde und Öfen zu handeln. Als Betriebsgelände stand ihm eine Fläche an der Bahnlinie Saarbrücken/Mannheim zur Verfügung. Um die Kundenbesuche rascher abwickeln zu können beschaffte er sich ein Motorrad, welches ihm treue Dienste leistete.

(Foto: Anonymus)

Für seinen weiteren Lebensweg war bedeutsam, dass er regelmäßig Holzversteigerungen im Saargebiet besuchte. Dabei bot er nie mit, sondern erwarb am Ende der Veranstaltung das Holz, das nicht beboten worden war. Die so erzielten günstigen Einkaufspreise in Verbindung mit geschäftlichem Geschick beflügelten den Aufbau der jungen Unternehmung.

Eines Tages, wieder bei einer Versteigerung im Saargebiet, sprach ihn ein Franzose an. Er habe ihn lange Zeit beobachtet und einen sehr guten Eindruck von ihm gewonnen. Er sei Anteilseigner einer Grube und benötige hierfür einen zuverlässigen Holzlieferanten. Ursprünglich hätte diese Tätigkeit seine

Tochter übernehmen sollen. Diese sei jedoch nach Paris verzogen und stünde nicht mehr zur Verfügung. Er sei bereit, ihm als Startkapital einen sechsstelligen Betrag zu geben, den er zu gegebener Zeit ohne Hast und nach seinen Möglichkeiten zurückzahlen könne.

Dies war ein verlockendes Angebot und es bedurfte nicht viel des Nachdenkens, um den Brennholzhandel auf diese Weise im Grubenholzsektor zu erweitern.

In diese Zeit fällt nun auch die Geburt der Hauptfigur dieses Buches im Jahr 1929. Der Grubenholzhandel florierte, zunächst mit den Franzosen, dann zusätzlich mit den Saarbergwerken. Später nahm ihn sein Vater mit auf die Geschäftsreisen, damit er erste Eindrücke vom Holzhandel gewänne. Besonders in Erinnerung geblieben sind ihm dabei die Geschäftsessen, die regelmäßig von beachtlichem Alkoholkonsum begleitet waren. Dies missfiel dem Heranwachsenden, während sein Vater behauptete, wer keinen Alkohol trinke, sei kein richtiger Mann. Und bei den Franzosen sei allemal üblich, dass zu Mahlzeiten auch getrunken würde.

Seine Mutter legte größten Wert auf eine gute Schulausbildung für ihren Sohn. Diese erfuhr er in einem Internat, der Odenwaldschule bei Heidelberg. Von Paul und Edith Geheeb gegründet, galt sie als Vorzeigeinternat. Vom griechischen Dichter Pindar inspiriert, „Werde, der du bist", sollte die Schule nach der Leitidee Geheebs die Gemeinschaft, die Persönlichkeit und das selbstbestimmte Handeln fördern. Diese Leitidee hat bei ihm, wie sein Lebensweg belegt, reiche Früchte getragen.

Während der Schulzeit erkrankte er an Diphterie, einer akuten und ansteckenden Infektion der oberen Atemwege.

Das von den Erregern abgesonderte Diphterietoxin kann zu lebensbedrohlichen Komplikationen und Spätfolgen führen. Beides trat bei ihm nicht ein. Nach der akuten Behandlung in Heidelberg, während der sich seine Mutter Elisabeth ständig in seiner Nähe aufhielt, kam er zur Rehabilitation nach Königsfeld im Schwarzwald. Danach setzte er seine Schulausbildung fort.

1939 wurde die Odenwaldschule vom Reichsarbeitsdienst übernommen. Die Begründung der seit 1933 herrschenden Nationalsozialisten war, dass sie dem Sinn der nationalsozialistischen Erziehungsgemeinschaft widerspreche.

Mit 15 Jahren, 1944, wurde er dann zum Militärdienst eingezogen. Er hatte sich freiwillig gemeldet, denn dann konnte man Einfluss auf die Verwendung nehmen. Sein Wunsch war, zur Luftwaffe zu kommen. Dieser konnte nicht mehr erfüllt werden, da Deutschland zu diesem Zeitpunkt kaum noch nennenswerte Luftstreitkräfte hatte.

Brennholz und Grubenholz

Die Zeit vor der industriellen Revolution wird gerne auch „Das hölzerne Zeitalter" genannt. Holz war damals die Zentralressource und aus dem täglichen Leben nicht hinweg zu denken. Besonders wichtig neben vielen anderen Produkten wie etwa der Pottasche aus Buchenholz zur Glasherstellung oder der Lohrinde zum Gerben von Häuten war für die damals lebenden Menschen das Brennholz, denn es ermöglichte einerseits das Zubereiten warmer Mahlzeiten sowie die Konservierung von Lebensmitteln, andererseits konnten damit die Häuser in der kalten Jahreszeit beheizt werden, wobei sich dieses Heizen in der Regel auf einen Raum, nämlich die Küche, beschränkte.

Auch heutzutage spielt Brennholz durchaus noch eine wahrnehmbare Rolle. Mit dem Ansteigen der Rohöl- und Gaspreise sowie der Entwicklung effizienter Öfen wurde das Feuern mit Holz wirtschaftlich interessant. Zusätzlich positiv zu beurteilen ist, dass das Heizen mit Holz weitestgehend CO^2-neutral ist, ein Umstand, der in Zeiten des Klimawandels nicht hoch genug eingeschätzt werden kann. Was vielen Menschen jedoch nicht klar ist, ist der Umstand, dass nicht unendlich viel Brennholz zur Verfügung steht. Der Rohstoffstrom aus unseren Wäldern verästelt sich in zahlreiche Verwendungsbereiche mit unterschiedlich hohen Wertschöpfungen. Angesichts des begrenzten Wachstumsniveaus der Wälder kann die Ausweitung einer Verwendung nur zu Lasten anderer gehen. Mit einer vergleichsweise geringen volkswirtschaftlichen Wertschöpfung kann sich der Brennholzanteil nicht wesentlich vergrößern.

Mit der Entwicklung der Dampfpumpe durch den Engländer Thomas Newcomen wurde es möglich, die unterirdischen Wälder, nämlich die Steinkohlenflöze zu erschließen. Dies war zwingend erforderlich, denn die oberirdischen Wälder waren zwischenzeitlich durch Übernutzung weitgehend zerstört. Die Arbeit in den Gruben war jedoch sehr gefährlich. Um die Stollen zu sichern bedurfte es des sogenannten Grubenholzes. Zu seiner Zeit ein lukratives Geschäft. Zunächst aus wirtschaftlichen Gründen, heute, im Zeitalter der Abwendung von fossilen Energieträgern zusätzlich auch zur Abwendung des Klimawandels, hat der Bergbau nach Kohle in Deutschland keine Zukunft mehr und somit kam der Grubenholzhandel zum Erliegen.

Unser älterer Herr hat diese Entwicklung hautnah erlebt und sich am Ende seines Berufslebens auf den Brennholzhandel zurückgezogen, den Handel, mit dem sein Vater Jahrzehnte zuvor das eigene Unternehmen gestartet hatte. So schließen sich Lebenskreise.

Militärdienst in den letzten Kriegsmonaten

Nach seiner Musterung und einer kurzen Grundausbildung ging es nach Merzig, um Gräben in jeder Form auszuheben. Eine sehr anstrengende Arbeit, die ihn sehr forderte. Begleitet war diese Arbeit von den ständigen Bomberangriffen der alliierten Luftstreitkräfte. Deren Ziel war auch die strategisch wichtige Bahnlinie Saarbrücken/Mannheim, worunter auch Hochspeyer litt. Nach erheblichen Treffern durften aus Hochspeyer stammende Jungen, deren Väter im Kriegseinsatz waren, nach Hause, um dort beim Beseitigen der Schäden zu helfen. Ihm wurde dies nicht gewährt. Sein Vater habe, da er einen kriegswichtigen Betrieb führe, hinreichend Arbeitskräfte, um die Schäden zu beseitigen. Schließlich wurde ihm unterstellt, er würde den Aufenthalt zu Hause lediglich als zusätzlichen Urlaub missbrauchen.

Verletzt in seinem Gerechtigkeitsgefühl traf ihn diese Unterstellung schwer und er entschloss sich, auf eigene Faust nach Hause zu gehen. Dabei ging er sehr planmäßig vor. Er bat seine Kameraden, regelmäßig, unter dem Hinweis, dass er krank auf der Unterkunft liege, seine Essensration abzugreifen. So hoffte er, dass seine Flucht lange genug verborgen bleiben würde.

Zwei Tage und zwei Nächte brauchte er, um nach Hause zu kommen. Das Ausmaß der Schäden erschütterte ihn sehr. Lange konnte er jedoch nicht bleiben. Nach wenigen Tagen befahl ihn der Bürgermeister für den kommenden Sonntag, 11.00 Uhr auf das Amt. Dort gab er ihm auf, noch am gleichen

Tag den Ort zu verlassen und zu seiner Einheit zurück zu kehren. Ansonsten drohe ihm schlimmes Ungemach und er könne dann nichts mehr für ihn tun.

Sein Vater überzeugte ihn, dass keine andere Wahl als die Rückkehr zur Truppe bestünde. Da er ohnehin Geschäfte bei den Gruben im Westen zu erledigen hatte, fuhren sie, wegen der ständigen Fliegerangriffe nachts, mit dem firmeneigenen LKW über die Kaiserstraße ins Saarland, wo er seinen Sohn seiner Einheit übergab. Die Mutter hatte ihm Essen für seine Stubenkameraden und ihn selbst mitgegeben, welches er diesen gleich übergab.

Was danach folgte war ein gnadenloser „Anschiss", ergänzt durch extremes Strafexerzieren unter der Aufsicht des Bannführers. Dieser hatte ein Verhältnis mit der dort lebenden Cousine seiner Mutter, welche sich auf dessen Betreiben hin das Ereignis lachend ansah. Offensichtlich, um der Frau zu imponieren, steigerte sein Vorgesetzter das Strafexerzieren ins Unermessliche. Dies erboste ihn sehr und er behielt diese Demütigung bis heute im Gedächtnis.

Als gegen Ende des Krieges die Front immer näher kam erfolgte eine Ausbildung an der FlaK Acht-Acht mit anschließender Verlegung nach Schifferstadt. Immer öfter ertappten sich die jungen Männer bei dem Gedanken, dass der Krieg verloren sei, ein Gedanke, der, geäußert, schlimmste Folgen haben konnte. Der dortige Bürgermeister war Hochspeyerer und beabsichtigte, am Tag der Konfirmation seiner Tochter die vier Hochspeyrer Jungs bei der FlaK mit einem guten Essen zu überraschen. Diese hatten sich jedoch auf Betreiben unseres älteren Herrn inzwischen dazu durchgerungen, den Dienst zu quittieren und zu versuchen, gesund nach Hause zu kommen.

„Dess do geht nimmie lang gut!" war seine Vorahnung. So kehrte der Bürgermeister unverrichteter Dinge, blamiert und enttäuscht zu der Feier zurück. Schritte gegen die Fahnenflüchtigen leitete er keine ein.

Auf dem Weg in die Heimat bestand er darauf, die Gruppe zu führen. Seine Kameraden akzeptierten dies. Erstes Ziel war Iggelheim. Dort beschäftigte sein Vater einen Fuhrmann. Dieser war bereit, die jungen Leute zu verstecken und sie zu ernähren. Untätig herumzusitzen war jedoch nicht sein Ding und so ging es schon bald weiter Richtung Westen. Dabei trafen sie einen Lehrer aus Hochspeyer. Dieser glaubte weiter an einen Sieg und wollte von jenseits des Rheins die vorrückenden Amerikaner bekämpfen. Er versuchte, die Jungen von der Sinnhaftigkeit seines Tuns zu überzeugen und forderte sie auf, sich ihm anzuschließen. Unser älterer Herr ließ sich jedoch nicht beeinflussen, und so setzten sie ihre Flucht nach Hause fort. Unterwegs fand er eine Pistole 08 mit Munition, derer sich offensichtlich ein Wehrmachtsangehöriger entledigt hatte. Er nahm die Waffe an sich. Sie gab ihm ein gutes Gefühl. Seine Kameraden wies er an, fortan immer hinter ihm zu bleiben, damit er beim Auftreffen auf einen etwaigen Feind freies Schussfeld habe. Denn eins war ihm klar: Er würde sich von niemandem den Weg nach Hause verlegen lassen, und wenn es darauf ankam, würde er sich seinen Weg auch mit Hilfe der Waffe bahnen.

Natürlich war es unmöglich, sich auf den größeren Straßen zu bewegen. Rasch wäre man da den gegnerischen Truppen in die Arme gelaufen. Schleichwege mussten benutzt werden und das des Nachts und ohne Karte. Die Nacht jedoch ist in solchen Situationen eine treue Freundin des Menschen und gewährt ihm Schutz. Und so kamen sie unbehelligt über das

Silbertal bei Neustadt in den Pfälzerwald. Er entschied, oberhalb der Reichsstraße im Wald zu marschieren. Dabei konnten sie die durch das Tal ziehenden amerikanischen Truppen im Auge behalten und liefen nicht Gefahr, sich in dem ausgedehnten Waldgebiet zu verlaufen.

Seine Eltern waren wegen der anhaltenden Bombardierungen nach Fischbach in ihren Luftschutzbunker ausgewichen. Als die Flüchtenden über Lindenberg; Lambrecht und Klaftertalerhof dort ankamen, trennten sie sich. Seine drei Freunde zogen weiter, während er zunächst seinen Großvater aufsuchte und danach mit diesem zu seinen Eltern ging. Die Wiedersehensfreude war ebenso wie die Erleichterung über die glückliche Heimkehr riesig.

Der Holzhandel in den letzten Kriegsmonaten

Deutschland war rohstoffarm, was sich im Krieg besonders nachteilig auswirkte. Deshalb war der Betrieb seines Vaters ein kriegswichtiger Betrieb, der auch Fremdarbeiter beschäftigte. Diese wurden fair behandelt, denn nur so konnte man von ihnen in ihrer schwierigen Lage gute Arbeit erwarten. Dass dem tatsächlich so war, konnte man dem Umstand entnehmen, dass nach dem Krieg gegenseitige Kontakte aufrecht erhalten wurden.

Ein Schwerpunkt der betrieblichen Tätigkeit lag im Saarland, wo ungerücktes, also lediglich gefälltes, entastetes und am Hiebsort verbliebenes Holz im Bestand erworben wurde. Das Holz wurde gerückt und entsprechend den Erfordernissen sortiert. Das Rücken erfolgte mittels Pferden, der Transport durch LKW.

Mit Sorge beobachtete sein Vater das Vorrücken der Front. Die Amerikaner standen bereits bei Metz, als der zuständige Holzreferent ihn aufforderte, für weitere 390.000 RM Holz zu erwerben. Der Vater zögerte, diesen Handel einzugehen. Befragt, über was er nachdenke, gab er seine Bedenken kund. Der Beamte wollte daraufhin von ihm wissen, ob er Zweifel am Endsieg des Deutschen Reiches habe. Wenn dies der Fall sei, dann befände er sich gleich in Haft. So ging er notgedrungener Weise den Handel ein.

Alsbald fand er seine Bedenken bestätigt. In den Besitz des Holzes kam er nie. Die Front rollte über das Saarland und die Pfalz hinweg. Das Holz wurde beschlagnahmt und auch die vier Pferde sowie die Anhänger für den Holztransport gingen unter.

Später einmal hat sein Vater in seinem Beisein in den Räumen der Regierungshauptkasse den Schaden geltend gemacht. Der zuständige Beamte fragte ihn, ob er denn nicht gewusst habe, dass der Krieg zu dem damaligen Zeitpunkt bereits verloren war. Er hätte den Handel nie eingehen dürfen und könne deshalb auch nicht mit einer Entschädigung rechnen. Hierauf antwortete sein Vater: „Selbst auf die Gefahr, dass Sie mich nun des Hauses verweisen, aber ein größeres Rindvieh als sie ist mir in meinem ganzen Leben noch nicht begegnet."

Der ehemalige Beamte des Deutschen Reiches im Saarland übernahm später wieder die Funktion eines Holzverkaufsreferenten in der Pfalz. Auch er konnte in der Sache nicht helfen, versprach aber, sein Möglichstes zu tun, um wenigstens etwas abzuhelfen. Immerhin erfüllte er die Wünsche des Betriebes nach günstigen Belegenheitsforstämtern.

Die Zeit unmittelbar nach dem Krieg

Nach dem Ende des Krieges drängten seine Eltern darauf, dass er zunächst einen soliden Beruf erlerne. Wichtig auch mit Blick auf den elterlichen Betrieb war, mit Geld umgehen zu können. In Frage kam daher eine Banklehre. Der Vater unterhielt Geschäftsbeziehungen zur Volksbank in Kaiserslautern, und so stellte es kein Problem dar, ihm dort einen Ausbildungsplatz zu sichern. Eine Zugverbindung von Hochspeyer nach Kaiserslautern bestand bereits. Da keine Personenwagen zur Verfügung standen, musste er anfangs, wie andere Pendler auch, bei Wind und Wetter mit Fahrten im Viehwagen Vorlieb nehmen.

Bereits im Jahr 1945 erwarb er mit einer Sondergenehmigung der französischen Besatzungsmacht sowohl den PKW- als auch LKW-Führerschein. In Verbindung mit dem Fuhrpark des elterlichen Betriebs war er dadurch ein gesuchter Partner für viele Menschen, Organisationen und Betriebe. So wollte sein Chef bei der Bank einmal ein Fahrzeug von ihm ausleihen, um zu einer Hochzeit im weiteren Familienkreis auf den Reckweiler Hof zu fahren. Ausleihen wollte er das Fahrzeug nicht, dagegen bot er sich als Fahrer an. Zunächst benötigte er jedoch noch das Einverständnis seines Vaters. Dieser zögerte nicht, bestand jedoch darauf, dass er nicht den Mercedes nehme. Möglicherweise hätte dessen Einsatz zu einer Beschlagnahmung durch die Besatzungskräfte geführt, so fürchtete der ältere Herr. Auch war er der Meinung, dass man seinen Wohlstand nicht bei jeder Gelegenheit zu erkennen geben müsse. Die Fahrt nach Reckweiler war der Auftakt zu vielen weiteren. Dazu meldete er sich auf Drängen des Bankchefs regelmäßig krank, denn sein unmittelbarer Vorgesetzter sollte hiervon nichts wissen. Besonders interessant waren für ihn die Gespräche während der teilweise längeren Autofahrten. Dabei erfuhr er sehr viel Hintergrundwissen sowohl über geschäftliche als auch personenbezogene Zusammenhänge in der Sparkasse. Wie hilfreich solche Informationen für eine Leitungstätigkeit waren, wurde ihm dabei klar, und diese Erfahrung war auch eine Grundlage für seinen späteren beruflichen Erfolg. Ebenso klar wurde ihm, dass man solches Wissen allenfalls ausnahmsweise zu erkennen gibt. Denn, gedenk eines Spruches seines Vaters: „Wenn man alles gesagt hat, weiß man nichts mehr."

Die anfänglichen Fahrten waren schwierig. Die Fahrzeuge wurden zunächst mit Holzvergasern, später mit Gas, welches in Straßburg erworben wurde, betrieben. In dieser Situation gelang es seinem Vater durch geschicktes Verhandeln, über die französischen Gruben in den Genuss zweckgebundener Benzinlieferungen für den Betrieb der LKW zu kommen.

Dieses Privileg stellten er und sein Vater auch in den Dienst der Allgemeinheit. Indem sie immer wieder Fahrten mit dem immer noch betriebsbereiten Holzvergaser durchführten, konnten sie Treibstoff sparen und diesen für gemeinnützige Fahrten einsetzen. Als es darum ging, die von seinem Vater gespendete Kirchenglocke von Heidelberg nach Hochspeyer zu transportieren, ließ er sich nicht zweimal bitten. Die Glocke wurde in Fischbach zwischengelagert, denn die dortigen Bürgerinnen und Bürger wollten auch Anteil am feierlichen Transport der Glocke haben. Sie verluden diese auf einen Pferdewagen und brachten sie so in einem Festumzug zu ihrem Bestimmungsort in Hochspeyer. Dort hängt sie mit Widmung noch heute im Kirchturm der evangelischen Kirche.

(Foto: Petra Weißgerber-Bolz)

Leider konnte die Glocke nicht besichtigt und fotografiert werden. Insofern muss ein Foto des Kirchturms hier genügen.

Ebenfalls in diesem Sinne unterstützten sie auch den örtlichen Arzt mit Treibstoff, so dass dieser in die Lage versetzt wurde, seine Hausbesuche effizienter zu gestalten.

Nach dem erfolgreichen Ende seiner Ausbildung bei der Volksbank trat er vollständig in das elterliche Geschäft ein.

Beinahebegegnungen

In den Monaten nach der Kapitulation Deutschlands waren sehr viele Menschen unterwegs, unterwegs mit dem sehnlichen Wunsch, endlich nach Hause zu kommen. Und drei dieser Menschen hätten unserem älteren Herrn leicht begegnen können.

Einer war Gefangener im französischen Besançon. Dort diente er im Haushalt eines Unternehmers. Zu seinen Aufgaben gehörten Unterstützung im Haushalt sowie bei der Gartenpflege. Sein Patron verlieh ihn ab und zu an seinen Nachbarn, welcher, im Gegensatz zu dem Unternehmer, dem Gefangenen für seine Leistungen ein geringes Entgelt gab. Dieses legte er auf die Seite. Als er genug gespart hatte, kaufte er sich davon heimlich eine Bahnfahrkarte nach Straßburg und begab sich so auf eine abenteuerliche Flucht. Ohne Probleme in Straßburg angekommen, erwarb er sich einige Äpfel, einen Laib Brot und eine Landkarte der Grenzregion. Dann wanderte er nachts Richtung Pfalz. Tagsüber verbarg er sich in den Wäldern. Endlich bei Schönau in der Pfalz angekommen verließ er den schützenden Wald und wanderte in trügerischer Sicherheit auf öffentlichen Straßen, dies solange, bis ihn eine französische Patrouille gefangen nahm. Er wurde nach Pirmasens gebracht, wo man allerdings feststellte, dass er mangels dortiger Zuständigkeit nach Neustadt an der Weinstraße gefahren werden müsse, denn dort gäbe es eine Behörde, die sich mit ausweislosen Zeitgenossen auskenne. Gleich zu Beginn seiner zweiten Gefangenschaft hatte er nicht zu erkennen gegeben, dass er gut französisch sprach und verstand. So konnte er jeweils vorab in Erfahrung bringen, was die Franzosen von ihm erfragen wollten. In Neustadt musste er zunächst eine Nacht in einer Gefängniszelle verbringen, bevor er am nächsten Tag verhört wurde. Wichtig war ihm, seine Flucht zu verbergen, denn er befürchtete für diesen Fall wieder nach Besançon oder sonst wohin nach Frankreich verbracht zu werden. Nach vielen Stunden gab man ihm zu verstehen, dass er in der französischen Zone unerwünscht sei und diese verlassen müsse. Er gestand dies zu, gab jedoch zu bedenken, dass dies ohne Papiere kaum möglich sei. So gab man ihm einen Interzonenausweis, der es ihm ermöglichte, über Mannheim nach Hause zu fahren. Dort wurde er ohne Probleme entmilitarisiert und konnte alsbald sein Studium aufnehmen.

Jahrzehnte später erzählte er diese Geschichte nach seiner Ankunft im Mannheimer Bahnhof dem Autor dieser Zeilen. Eine Stunde später standen sie vor seinem damaligen Gefängnis. Schon auf dem Weg dahin kehrten weitere Einzelheiten der damaligen Ereignisse in sein Bewusstsein zurück. Bei der Fahrt über den ehemaligen Exerzierplatz sagte er leise: „Ja, hier war es!" Die Erinnerung überwältigte ihn einen Moment, Bilder aus der Vergangenheit zogen an seinem Auge vorbei und betteten sich ein in ein reiches Leben, das man seinerzeit so nicht erwarten konnte. Ein Gefühl großer Dankbarkeit überkam ihn.

Ein anderer war als Angehöriger der Luftwaffe Ende des Krieges in Graz auf dem dortigen Flugplatz gestrandet. Am 9. Mai, also einen Tag nach der bedingungslosen Kapitulation Deutschlands, bot ihm sein Kommodore an, mit einer zweisitzigen Bücker dorthin zu fliegen, wohin er wolle. Er müsse allerdings einen weiteren Militärangehörigen mitnehmen. Er entschied sich für einen Kameraden aus Schlesien. Sie packten ihre sieben Sachen in das Flugzeug, tankten es voll und flogen am nächsten Tag los. Die Maschine war so schwer beladen, dass sie nur in dem Maße stieg, wie sie Treibstoff verbrauchte. Gleichwohl gelang es ihnen, die Alpen nordwärts zu überqueren. Unterwegs begegnete ihnen ein amerikanisches Kampfflugzeug. Unser Pilot erschrak sehr, denn sein Seitenleitwerk „zierte" nach wie vor ein Hakenkreuz, und er fürchtete einen Abschuss. Im Vorbeifliegen wackelte der Amerikaner jedoch mit den Flügeln, ein Fliegergruß, und flog seines Weges. In der Nähe von Zusmarshausen in Bayern ging ihr Treibstoff zur Neige und sie landeten auf einem Acker in der Nähe der Ortschaft. Der Bürgermeister, alarmiert durch eine Flugzeuglandung so kurz nach der Kapitulation, versteckte sie in einer Scheune. Erschöpft legten sie sich schlafen. Ihre Nachtruhe währte jedoch nur kurz. Amerikanische Militärpolizei hatte von der Landung Kenntnis erhalten, den Bürgermeister einvernommen und war so zu der Scheune gekommen. Ihre Verhaftung folgte auf dem Fuß. Wenige Tage später fanden sie sich als Gefangene in einem Zug voller Linzer Kosaken wieder. Er sagte seinem Partner, dass dieser Zug sicher nach Osten führe und das hieße nichts Gutes. In Regensburg gelang ihm die Flucht aus diesem Transport. Wo sein Kamerad geblieben ist, weiß er bis heute noch nicht.

Auf dem Weg in die pfälzische Heimat wurde er erneut, diesmal von französischen Kräften, verhaftet und in einem Viehwagon auf die Reise nach Frankreich geschickt. Bei einem Halt in einem Bahnhof erkannte er an dem pfälzischen Dialekt einen Mann aus seinem Heimatdorf und rief durch den Bretterverschlag, Fenster gab es keine, er möge seinen Eltern sagen, dass er lebe und in französischer Gefangenschaft sei.

Sein Bestimmungsort war Reims. Dort konnte er die Gunst eines amerikanischen Offiziers für sich gewinnen und wurde alsbald in die Heimat entlassen.

Wieder ein anderer hatte sich erfolgreich bis Morlautern durchgeschlagen und freute sich bereits auf ein Wiedersehen mit seinen Lieben in Kaiserslautern. Auf der Höhe des Freibades „Waschmühle" griff ihn eine amerikanische Patrouille auf und nahm ihn gefangen. Sein Weg führte nach Frankreich, wo er französischen Behörden übergeben wurde. Endlich in der Champagne bei einem Bauern gestrandet, verpflichtete er sich als Knecht. So hatte er bessere, jedoch keine guten, Lebensbedingungen als die Kriegsgefangenen, die ihren Status beibehalten hatten. Erst 1949 kehrte er in seine Heimat zurück. Trotz der vielen negativen Erlebnisse, die er erfahren hatte, wurde er ein großer Anhänger der deutsch-französischen Verständigung und bezeichnete später Frankreich als seine zweite Heimat.

Drei Lebenswege, die sich beinahe mit dem unseres älteren Herrn gekreuzt hätten. Lebenswege von Menschen, die durch ein menschenverachtendes System ihre Jugend und teilweise auch ihre Gesundheit verloren hatten. Menschen, die fortan Leitbildern, Idealen und Politik äußerst skeptisch gegenüberstanden. Menschen, die ihr Dasein danach durch nahezu übermenschliche Anstrengungen beim Wiederaufbau ihrer Heimat strukturierten. Menschen, denen es gelang, über viele Jahrzehnte, wie noch nie zuvor, ständig steigenden Wohlstand zu erarbeiten. Ihr Überlebens- und Gestaltungswille mag heutigen Menschen ein Beispiel sein.

Die bayerische Grube

In dem Maße, wie unser älterer Herr sich in das elterliche Unternehmen einarbeitete, wuchs auch sein Wunsch, nun selbst einmal ein neues, gutes Geschäft anzubahnen. Diese Chance ergab sich bald. Ein Unternehmen aus der Grubenholzbranche bat um Zulieferung von Holz, da es einen großen, bayerischen Kunden selbst nicht mehr hinreichend beliefern konnte. Der Geschäftsführer bestand dabei jedoch darauf, dass die Kontakte ausschließlich über ihn laufen sollten. Keineswegs durfte ein direkter Kontakt mit den Bayern stattfinden. Er beugte sich dieser Bedingung und nahm die Geschäftsbeziehung auf.

Das Holz, im Wesentlichen Eiche, wurde am Waldweg auf den LKW und an einem Bahnhof im rheinhessischen Zellertal direkt in dort abgestellte Eisenbahnwaggons verladen. So musste es nur zweimal „in die Hand genommen" werden, was erhebliche Kosten sparte. Die Waggons wurden direkt von seinem Unternehmen bei der Bahn bestellt. Zuständig war dort der ehemalige Bannführer, der ihn vor dem Hintergrund der damaligen Strafaktion zuvorkommend bediente. Für ihn war dies ein weiterer Beleg für die Richtigkeit des Sprichwortes, dass man sich stets zweimal begegne.

Etwa ein Jahr später, nachdem viele Lieferungen reibungslos und in hoher Qualität abgeliefert worden waren, erhielt er einen Anruf aus Bayern. Der Einkäufer des Endabnehmers hatte an Hand der Bahnfrachtbriefe seine Firma ausfindig gemacht und wollte, selbst aus dem Zellertal stammend, nun die Geschäfte direkt mit ihm abwickeln.

Nach mehreren Telefonaten fuhr er am Neujahrstag nach Pei-
ßenberg, dem Sitz der Firma. Seine Eltern waren sehr skeptisch ob des Erfolges und hatten wenig Verständnis dafür,
dass er an einem solchen Feiertag eine Geschäftsreise unternehmen wollte. Er ließ sich davon nicht beirren. Wie auch
später oft hatte er ein gutes Gefühl und war sich des Erfolgs
sicher. Vor Ort konnte er mit dem Einkäufer einen hervorragenden Vertrag abschließen. Dabei achtete er darauf, dass er
nicht auf mehr Vertragsmenge einging, als er abfahren
konnte. Es sollte kein Holz lange im Wald liegen bleiben. Nur
so konnte er einen Verlust, wie ihn sein Vater Ende des Kriegs
erlitten hatte, vermeiden. Zeit seines Lebens war er nämlich
skeptisch, ob die politische und wirtschaftliche Entwicklung in
Deutschland so erfolgreich wie bisher weitergeführt werden
konnte. Die galoppierenden Lohnerhöhungen sowie die Erhö-
hung der Lohnnebenkosten bereiteten ihm große Sorgen, was
oft in den Ausspruch mündete: „Dess do geht nimmie lang
gut!"

Angetan vom guten Verlauf der Verhandlungen lud ihn der
Einkäufer zu sich nach Hause ein, was er gerne annahm. Dies
war eine gute Möglichkeit, die Geschäftsbeziehung zu vertie-
fen. Etwas strapaziert wurde seine diesbezügliche Bereit-
schaft durch den Wunsch des neuen Geschäftspartners, seine
Frau vom Kegelabend abzuholen. Das Problem war, dass sie
mit seinem Wagen fuhren und dabei der Hund der Dame mit-
genommen werden musste. Hund im Auto war für ihn ein ab-
solutes „Geht nicht". „In solchen Fällen musst du über deinen
Schatten springen." meint er noch heute. Und die Wagensitze
hat er später tüchtig gereinigt.

Am Folgetag schlug der Einkäufer vor, ihn seinem Chef vorzu-
stellen. Dieser unterstellte zunächst, dass das Geschäft auf

der Basis der gemeinsamen Landsmannschaft entstanden sei. Dem widersprach der Einkäufer und erläuterte die tatsächlichen Gründe, nämlich die hohe Zuverlässigkeit und die gute Qualität. Blieb für den Chef noch ein Problem: „Wer besorgt mir nun anstelle unseres alten Lieferanten meine Zigarren?"

Kleine Geschenke erhalten die Freundschaft, das wusste er als Unternehmer nur zu gut. Und so übergab er ein paar Stunden später eine Schachtel bester Zigarren.

Zurück gekehrt nach Hause genoss er seinen Erfolg und fühlte sich nun allen Herausforderungen gewachsen. Mehrere Unternehmen versuchten, ihn aus dieser Geschäftsbeziehung zu verdrängen, allesamt ohne Erfolg.

Die Pferde

Neben den LKW, mittels derer das Holz über die Straßen transportiert wurde, waren die betriebseigenen Pferde eine weitere wichtige Säule im Unternehmen. In Spitzenzeiten nannte er 13 Pferde sein Eigen. Sie waren den einzelnen Revieren in der Verantwortung des jeweiligen Revierleiters untergebracht. Dieser hatte nicht zuletzt auch die Versorgung der Tiere sicher zu stellen.

(Foto: Anonymus)

An einem Samstag entschloss er sich, einmal im südpfälzischen Revier nach dem Rechten zu sehen. Seine Frau fand diese Idee nicht so gut. Arbeitete er doch während der Woche bis zu 14 Stunden täglich, so musste er nicht auch noch samstags arbeiten. Er hielt es jedoch mit dem bekannten Spruch

„Vertrauen ist gut, Kontrolle ist besser". Dort angekommen stellte er fest, dass die Pferde nicht im Stall waren. So entschloss er sich, auf deren Rückkehr zu warten. Gegen Abend trafen sie unter Führung seiner dortigen Arbeiter ein. Zur Rede gestellt erklärten die Männer, dass sie den armen Leuten hier im Ort mit den Pferden helfen würden, ihr Holz zu transportieren. Sachlich, jedoch ohne die gebotene Deutlichkeit vermissen zu lassen, stellte er klar, dass sich ein solches ohne seine Zustimmung nicht mehr wiederholen dürfe, ansonsten erfolge die fristlose Kündigung. Konfrontiert mit der Frage, ob sie finanziell in der Lage seien, ihm im gegebenen Fall ein verunfalltes Pferd, etwa mit einem Knochenbruch, zu ersetzen, starrten seine Leute wortlos auf den Boden.

In der Folgezeit gestattete er, wenn es die Verfassung der Pferde zuließ, dass seine Leute die örtliche Bevölkerung mit den Pferden unterstützten. Dies förderte einerseits das Renommee seiner Firma, ein Umstand, auf den man zu gegebener Zeit auch einmal zurückgreifen konnte, andererseits konnten sich seine Arbeiter in den Zeiten des Wirtschafsaufschwungs ein Zubrot verdienen.

Die Gerüststangen

Es hatte sich ja gezeigt: Vertrauen ist gut, Kontrolle ist besser. Und so brach er wieder einmal samstags in das südliche Revier auf. Im Ort angekommen fiel ihm beim Neubaugebiet am Hang eine Baustelle auf, bei der Grubenholz als Gerüststützen verwendet wurde. Daraufhin sprach er den vor Ort arbeitenden Bauherrn an, wo man solch' schöne Hölzer beziehen könne. Dieser verwies ihn an seinen Lagerplatz. Dort könne man solche für zwei Kasten Bier günstig erhalten.

Dieses Vorkommnis war Anlass, seinen Revierleiter auf seine Verantwortung gegenüber seinem Arbeitgeber aufmerksam zu machen. Dazu gehörte aus seiner Sicht ebenso, dass man ab und an auch einmal während seiner Freizeit samstags nach dem Rechten sähe. Gemeinsam mit seinem Revierleiter verdeutlichte er seinen Arbeitern die Relevanz ihres Handelns. Für den Wiederholungsfall kündigte er ihnen die fristlose Entlassung an. Seine Reaktion sprach sich bei seinen Beschäftigten in Windeseile herum und so blieb dieses Ereignis ein Einzelfall.

Ein beinahe folgenschwerer Unfall

In Kaiserslautern besteht seit dem Ende des letzten Weltkriegs die größte amerikanische Gemeinde außerhalb der USA. Große Flächen sind zur militärischen Nutzung eingezäunt und beherbergen viele Kasernen.

Eines Tages ging es darum, eine im Nordosten der Stadt liegende militärische Fläche in das nachgelagerte Waldgebiet zu erweitern. Dies bedeutete einen großen Kahlschlag und für unseren Mann war dies die Gelegenheit, betriebsnah an konzentriert anfallendes Holz zu kommen. Das versprach, ein gutes Geschäft zu werden.

Die entsprechenden Verträge konnten rasch geschlossen werden und schon bald ging es daran, das Holz aus der Hiebsfläche abzufahren. Der Weg führte über einen Kreisel innerhalb des Kasernengeländes auf die nach Hochspeyer führende B 37. An diesem Kreisel überwachte ein amerikanischer Soldat den Verkehr. Offensichtlich wusste er nicht, dass die Ladung eines Langholzfahrzeuges ausschwenkt. So kam es, dass er von einem der herausragenden Stämme getroffen wurde und zu Boden ging.

Im Nu war die Militärpolizei zur Stelle und befragte äußerst misstrauisch unseren Mann nach dem Unfallhergang. Sie unterstellten ihm dabei, diesen Unfall absichtlich und aus einer amerika-feindlichen Haltung heraus begangen zu haben. Es gelang ihm nicht, den kaum Deutsch sprechenden Amerikanern den Unfallhergang nachvollziehbar zu erklären. In seiner Verzweiflung war von ihm mehrfach zu hören: „Dess do iss

doch nimmie normal!" In seiner Not kam er auf den Gedanken, durch eine Demonstrationsfahrt um den Kreisel das
Problem des Ausschwenkens der Ladung sichtbar zu machen.
Und tatsächlich konnte er die inzwischen zum Unfallort ge-
kommenen deutschen Polizisten dazu bewegen, einer erneu-
ten Fahrt um den Kreisel zuzustimmen. Und in der Tat gelang
es ihm auf diese Weise, den Sachverhalt aufzuklären. Der Soldat war glücklicherweise auch nicht schwer verletzt, so dass
die gesamte Angelegenheit einen glimpflichen Ausgang nahm.

Arztbesuche

Die Unterlagen zur Verlohnung seiner Arbeiter prüfte er regelmäßig sehr intensiv. Die Löhne stellten einen bedeutenden Kostenfaktor in seinem Betrieb dar und mussten in ihrer Entwicklung beobachtet werden. Bei einer solchen Gelegenheit fiel ihm auf, dass ein Arbeiter in kurzer Zeit zweimal krankgeschrieben worden war, das zweite Mal für drei Wochen. Wieder an einem Samstag fuhr er ins Revier, um den Betroffenen zu Hause zu besuchen. Dieser stand zu seiner Überraschung im Hof und zerkleinerte Holz mit der Axt.

Dies brachte für ihn das Fass zum Überlaufen. „Dess do iss doch net normal!" hallte es durch seinen Kopf, und er sprach seinen Beschäftigten an. Wenn er privat Holz hacken könne, dann könne er auch im Betrieb arbeiten, dann sei er nicht so sehr krank. Er erwarte ihn am Montag an seiner Arbeitsstelle im Wald. Und seinem Arzt würde er das Notwendige erzählen.

Dies tat er in der darauf folgenden Woche. Er schilderte dem Arzt den Fall und gab zu bedenken, dass er als Arbeitgeber nicht nur die Kosten zu tragen habe, sondern durch die fehlende Arbeitskraft auch in Lieferverzug käme. Der Mediziner möge seiner Verantwortung besser gerecht werden und nicht gesunde Menschen zu Lasten anderer krankschreiben. Heute nicht mehr denkbar, aber der Arzt beherzigte seinen Vortrag, und ein solches Vorkommnis ereignete sich in der Folge nicht mehr.

Jahrzehnte später war er mit einem staatlichen Revierleiter, der später eine herausragende politische Funktion übernahm, auf Revierfahrt. Ziel war der Besuch einer, wie man damals noch sagte, Waldarbeiterrotte, die Holz für ihn aufarbeitete. Es dauerte lange, bis sie die Gruppe gefunden hatten. Der Förster fuhr mehrere Waldorte vergebens an. „Dess iss doch nett normal!", hallte es ihm während der viele Kilometer langen Suchfahrt durch den Kopf. Man musste doch als Vorgesetzter wissen, wo die eigenen Leute arbeiteten. Endlich trafen sie die Männer. Bevor sie sich überhaupt über den Hieb unterhalten konnten, kündigte der eine Kollege an, jetzt, es war 15.00 Uhr, zum Arzt fahren zu wollen. Ihm sei nicht gut. Hierauf schloss sich der andere mit den Worten an, er könne ohnehin wegen des Arbeitsschutzes nicht alleine arbeiten und werde ebenfalls die Arbeit einstellen.

Auf seinen Hinweis, dass man auch nach der Arbeit zum Arzt gehen könne, meinten beide, das wäre ihnen nicht zuzumuten. Der Förster verabschiedete seine Leute. Unser älterer Herr äußerte sein Unverständnis. Ärzte hätten auch noch nach Feierabend Sprechstunde und den zweiten Arbeiter hätte man auch mit einer ungefährlichen Arbeit bis Feierabend beschäftigen können. Der Förster gab hierauf zu verstehen, dass sich die Zeiten geändert hätten. Es liefe nicht mehr so, wie früher. Insofern sei er, unser älterer Herr, etwas aus der Zeit gefallen. Wenn er sich so verhielte, wie dieser es für richtig hielte, stünde er ständig vor dem Personalrat.

Nicht erst an diesem Tag, aber da ganz besonders intensiv, schoss ihm der Gedanke durch den Kopf: ‚Dess do iss doch nett normal, dess do geht nimmie lang gut!'

Es war die Zeit der großen Lohnsteigerungen, der Kürzung der Wochenarbeitszeiten und des Ausbaus der Arbeitnehmerrechte. Die Auswirkungen dieser Politik auf seinen Betrieb konnte er nur schwer verkraften. Seine Grundeinstellung, man lebe, um zu arbeiten, schien nichts mehr zu zählen. Geprägt durch die Zeit des Wiederaufbaus nach dem verlorenen Krieg, wo es rund um die Uhr ums Überleben ging, hatte er kein Verständnis für diese Entwicklung, die seiner Meinung nach ins Chaos führen musste. Und so hörte und hört man bis heute von ihm: „Wann dess gut geht, geht nix mä schief!" Auch, dass es bis heute gut ging, kann seine Skepsis bis zur Stunde nicht überwinden.

Die letzten Pferde

Auch in der Forstwirtschaft blieb die Zeit nicht stehen. Zug um Zug fand die Mechanisierung auch in den Wäldern statt. Dies hatte große Auswirkungen auf Mensch und Tier. So sank die Zahl der Waldarbeiterinnen und Waldarbeiter kontinuierlich auf ein heute sehr niedriges Niveau. Die früher weit verbreiteten Pferde verschwanden gänzlich aus den Wäldern. Dies einmal, weil sachkundige Pferdeführer immer seltener wurden und andererseits ausgereifte Rückemaschinen in die Wälder drängten. Wenn heute ab und an ein Pferd wieder Holz rückt, dann ist dies ein Ausnahmefall, vielleicht eine Demonstration alter Arbeitsabläufe, eine gut gemeinte Aktivität eines um unsere Umwelt besorgten Menschen, in keinem Fall jedoch die Renaissance von Pferden in der Forstwirtschaft.

Eines Tages in den 60er Jahren informierte einer der Beschäftigen unseres älteren Herrn dessen Frau, dass es dem Fuchs Hektor nicht gut ginge, und er diesen in den Stall führen werde. Zu Hektor hatte die Familie eine besondere Beziehung. Sein Weg zum Stall führte an der von Tante Anna betriebenen Gastwirtschaft vorbei. Hektor verharrte regelmäßig vor dem Küchenfenster so lange, bis ihm die gute Frau ein Stück Brot zum Fressen reichte.

Auf die beunruhigende Nachricht hin eilte die Frau dem Gespann entgegen und fand Pferdeführer und Pferd vor der Eisenbahnüberführung im Osten des Ortes. Der Fuchs lag zusammengebrochen auf der Straße, lebte jedoch noch. Sie ging davon aus, dass er innerhalb kurzer Zeit verenden würde. Das Problem dabei war, dass sie in diesem Fall auf den Abdecker hätte warten müssen, was unter Umständen lange hätte dauern können. So entschloss sie sich, einen Pferdemetzger aus Kaiserslautern herbei zu führen, der das noch lebende Tier verwerten konnte. Pferdefleisch hat die Familie seither nicht mehr gegessen.

Nicht lange nach dem Tod des Fuchses starb auch das letzte Rückepferd, Rosa. Mit ihr endete der Rückebetrieb der Unternehmung.

Lohnsteigerungen

Holzpreisverhandlungen führte er gerne mit den zuständigen Referenten der Forstdirektionen. Dies hatte den spürbaren Vorteil, dass er sich bei den örtlichen Forstämtern hierauf berufen konnte, und dadurch dort zahlreiche Verhandlungen entbehrlich waren. Die Zuständigen vor Ort akzeptierten dieses Vorgehen.

Nach einer dieser Verhandlungen entspann sich ein allgemeines Gespräch über dies und das. Dabei äußerte sein Partner, die jüngsten kräftigen Lohnsteigerungen hätten ihm sehr geholfen, seine mit seinem Hausbau verbundenen Schulden zu tilgen. Was er denn davon hielte?

„Dess do geht nimmie lang gut!", war seine Antwort. „Das Geld, das man ausgibt, muss man vorher verdienen." Seine Leute arbeiteten auch nach Lohnerhöhungen nicht mehr als vorher, seine Kosten stiegen dagegen bei gleichbleibenden oder gar sinkenden Holzerlösen. Dieses sei ein Irrweg, zu dem die Politik ermutigt und die Gewerkschaften ihn umgesetzt hätten. Leider trügen diese keine Verantwortung für die Betriebe und setzten Lohnsteigerungen unbeachtet betrieblicher Gegebenheiten und Zwänge durch. Er sei nicht tarifgebunden und würde das solange vermeiden, wie dies möglich sei. Auch ohne Gewerkschaften fühle er sich seinen Arbeitern verpflichtet und entlohne diese anständig. Dabei gab er auch zu verstehen, dass er, soweit das ginge, Mitarbeiter, die nicht gewerkschaftlich organisiert waren, bevorzuge.

Es entspann sich eine intensive Diskussion, in der ein in der Vergangenheit fest verwurzeltes Weltbild mit dem Aufbruchsgeist der 68er Jahre konfrontiert wurde. Den 68er-Idealen stand er auch zukünftig sehr skeptisch gegenüber, gleichwohl gelang es ihm, seinen Betrieb auch in der nun bewegteren See auf Kurs zu halten.

Reklamationen an höherer Stelle

Bei der Übernahme von Holz bestätigen Verkäufer und Käufer verbindlich den Verkauf. Maß und Qualität werden dabei geprüft, und soweit erforderlich wird eine Nachverhandlung geführt. Bei einer solchen Übernahme fand unser älterer Herr Holzpolter vor, in denen alle Sorten willkürlich durchmischt lagen. Eine Sortierung war offensichtlich nicht erfolgt. Folgerichtigerweise weigerte er sich, das Holz zu übernehmen. Im Gegenzug bestanden Forstamts- und Revierleiter auf der Übernahme. Es kam zu einer heftigen Auseinandersetzung, in deren Verlauf öfter zu vernehmen war: „Dess do iss doch net normal!" Nachdem keine Einigung erzielt werden konnte kündigte er schließlich an, das Holz mit dem Holzverwertungsreferenten der Forstdirektion zu besichtigen. Seine Kontrahenten meinten, das könne er ruhig versuchen. Wahrscheinlich würde er jedoch dort kein Gehör finden. Sie hatten sich getäuscht. Er unterhielt sehr gute Beziehungen zu dem Holzverwertungsreferenten und so fand der Termin schon wenige Tage später statt.

Zu seinem Erstaunen war das Holz nun sortenrein gelagert und der Forstamtsleiter wies den Referenten darauf hin, dass hier wohl entgegen der Äußerungen des Käufers alles in bester Ordnung sei. Man verstehe überhaupt nicht, was dieser wolle.

Während der Fall erörtert wurde suchte sein Mitarbeiter die nähere Umgebung ab und fand hinter einem Gefällsbruch zahlreiche Polter unsortierten Holzes. Offensichtlich hatte das Forstamt in der Zwischenzeit das Holz für ihn aussortiert und in den neuen Poltern, die gerade begutachtet wurden, zusammengeführt.

Als der Referent der Direktion die Gesamtsituation erkannte, nahm er seine beiden Forstamtskollegen auf die Seite. Bruchstückhaft hörte man Worte wie „unerhörtes Vorgehen...Schadensersatz...Regress...so etwas nie wieder".

Das Verhältnis zwischen ihm und dem fraglichen Forstamt war fortan emotional belastet. Gleichwohl kaufte er dort weiterhin ein und hatte in der Zukunft kaum noch Anlass zur Beschwerde.

Der betroffene staatliche Revierleiter schied einige Jahre später aus der Forstverwaltung aus.

Überladen

Ein Holztransport ist im Vergleich zum Wert des Holzes
recht teuer. Daher legt jeder Spediteur Wert auf die
volle Auslastung seiner Fahrzeuge, mitunter werden sie
auch unbewusst oder sogar bewusst überladen.

Bei einer Fahrt nach Stockstadt hatte er sein Fahrzeug
überladen. Er ging davon aus, dass in der Dunkelheit am
Abend, er musste bis 23.00 Uhr am Werk sein, kaum
eine Kontrolle stattfinden würde. Es kam jedoch anders.
Ein Polizeifahrzeug überholte ihn und winkte ihn auf einen Parkplatz. Ein Polizist näherte sich und teilte ihm
mit, er halte sein Fahrzeug für überladen. Zur Überprü-
fung seiner Vermutung forderte er ihn nach der Kontrolle seiner Papiere auf, ihm zu einer öffentlichen
Waage zu folgen. Auf dem Weg zu seinem Fahrzeug griff
er in seine Hosentasche, klopfte die anderen Taschen ab,
blieb stehen, drehte sich um und sagte, er finde seinen
Fahrzeugschlüssel nicht mehr. Unser älterer Herr schlug
ihm vor, beim Fahrzeug zu suchen. Vielleicht sei der
Schlüssel ja beim Aussteigen heruntergefallen. Auch
diese Suche blieb erfolglos. So bot er ihm an, ihn auf die
Wache zu fahren, damit er einen Ersatz holen könne.
Der Polizist zeigte sich über dieses Angebot überrascht,
lehnte es jedoch ab. Nach einer längeren Zeit der ver-
geblichen Suche erneuerte unser älterer Herr sein Angebot, welches der Polizist wiederum ablehnte.

So verstrich viel Zeit, und das Werk war vor 23.00 Uhr nicht mehr zu erreichen, was er auch dem Polizisten mitteilte. Dieser fand endlich den Schlüssel unter seinem PKW. Er trat auf ihn zu und meinte, er könne nun weiterfahren. Auf sein Nachfragen, ob er nicht mehr das Gewicht überprüfen wolle, verneinte der Polizist dies. Er rechne ihm das Angebot, ihn zu Wache zu fahren hoch an und solle künftig die höchstzulässige Last nicht mehr überladen.

Das Werk war natürlich schon geschlossen. Er übernachtete in seinem LKW und nicht in einer Pension, denn vom Geldausgeben wird niemand reich. Am nächsten Morgen konnte er als Erster seine Ladung übergeben und war zeitig wieder zu Hause. Immer freundlich bleiben war seine Devise, insbesondere gegenüber Amtspersonen wie Polizisten – und mit dieser Einstellung war er ein Leben lang gut gefahren.

Ein ungewöhnlicher Km-Stand

Gute Geschäfte beruhen auf einem vernünftigen Geben und Nehmen. Ein besonders attraktives Übereinkommen führte dazu, dass unser älterer Herr einen Mitarbeiter sowie dessen Dienstwagen einer seiner besten Partnerfirmen übernehmen musste. Es handelte sich dabei um eine schillernde Persönlichkeit, die mit großer Leichtigkeit und gelegentlich etwas gedankenverloren durch das Leben schritt.

Der mitübernommene Mittelklassewagen stand dem Beschäftigten vertragsgemäß für die Fahrten in seinem Revier zur Verfügung. Aus der Fahrzeugflotte unseres älteren Herrn ragte er heraus, was ihm nicht gefiel, denn er zog es vor, kleinere Fahrzeuge einzusetzen, vor allem VW-Käfer. So konnten hierüber keine Rückschlüsse, wie er meinte, auf seinen geschäftlichen Erfolg gezogen werden.

Um den neuen Mitarbeiter mit seinem Revier vertraut zu machen, begleitete er ihn mehrfach. Dabei benutzten sie dessen Dienstwagen. In der ihm eigenen Vorsicht hatte er sich freitags den Kilometerstand des Wagens gemerkt und war am kommenden Montag erstaunt, dass über das Wochenende mehrere Hundert Kilometer hinzugekommen waren. Auf seine diesbezügliche Frage erklärte der Mitarbeiter, dass er mit seiner Frau im Bayerischen gewesen sei und dazu selbstverständlich den

Dienstwagen benutzt hätte. Er selbst hätte ja kein Fahrzeug. Ergebnis einer kurzen, jedoch heftigen Aussprache,
war, dass das Fahrzeug künftig nach Dienstschluss am
Firmenstandort geparkt und am nächsten Morgen dort
wieder abgeholt wurde. Auch die zahlreichen Anrufe der
Frau des Beschäftigten, dass sie nun gezwungen seien,
sich ein eigenes Fahrzeug zu kaufen, konnten ihn nicht
umstimmen. Die anfängliche Verstimmung wich alsbald
einem auskömmlichen Miteinander auf der Basis klarer
Verhältnisse. Hatte die Partnerfirma anfangs noch hinter
vorgehaltener Hand ihre Freude zum Ausdruck gebracht,
einen nicht unbedingt beliebten Mitarbeiter elegant los-
geworden zu sein, so wich diese zunehmend dem Res-
pekt über den erfolgsgeneigten Umgang unseres älteren
Herrn mit diesem.

Mein Mann schläft noch

‚Morgenstund' hat Gold im Mund!', war eine seiner De-
visen. Und so brach er eines Tages wie immer früh zu einer angekündigten Holzübernahme zu einem Forsthaus
im Pfälzerwald auf. Den Revierleiter kannte er noch
nicht. Es war ein junger Mann, der hier erst kürzlich
seine erste Stelle angetreten hatte. Wie bei dessen Vor-
gänger üblich erreichte er das Forsthaus gegen 6 Uhr
morgens. Zu seiner Überraschung waren Tür und Fens-
terläden noch geschlossen. Unschlüssig wartete er eine
Viertelstunde. Er konnte sich nicht vorstellen, dass der
Beamte noch nicht verfügbar war. Endlich läutete er an
der Eingangstür. Nach mehrmaligen Versuchen öffnete
eine noch verschlafen wirkende Frau die Tür und fragte,
was er wolle. Er erklärte ihr, wer er sei und dass er Holz
übernehmen wolle. „Mein Mann schläft noch, es gibt so
etwas wie Arbeitszeiten, und die beginnen nicht um 6
Uhr. Sie können gerne nach 8 Uhr wieder vorbeischauen,
dann steht Ihnen mein Mann zur Verfügung!", sprach's
und schloss die Tür.

So etwas war ihm zuvor noch nicht vorgekommen. „Dess
iss doch net normal!", murmelte er vor sich hin.

In der Folgezeit lernte er allerdings, dass die junge Generation zumindest teilweise andere Vorstellungen von Be-
rufstätigkeit hatte, als dies bei der Kriegs- und ersten
Nachkriegsgeneration der Fall war. Er wollte und konnte

auch kein Verständnis für diese Haltung aufbringen. Gerade die große Verantwortung, die Forstleute für den Wald trugen, schloss seiner Meinung nach ein Denken in Arbeitszeiten aus. Der Wald brauchte Betreuer, die rund um die Uhr zur Verfügung standen. So hatten sich auch die alten Forstleute verstanden und auch hier schoss es ihm durch den Kopf: „Dess do geht nimmie lang gut!"

Holzdiebstahl

Die Wertschätzung von Holz unterliegt einem ständigen Wandel. In Notzeiten ist sein Besitz in vielerlei Hinsicht sehr vorteilhaft, ja überlebenswichtig, und daher sein Wert sehr hoch. Dies galt etwa für die schwierigen Jahre im Krieg und danach. Mit dem Auftreten von Substitutionsprodukten wie Kohle, Erdöl, Erdgas, Beton, Stahl und anderen sank der Wert des Holzes in den Jahren des Wirtschaftswunders rasch. Gerade auch der Brennholzbereich litt hierunter sehr, was die Firma unseres älteren Herrn spürbar traf. Mit der zunehmenden Erkenntnis, dass die thermische Verwertung von Holz klimaneutral ist und dem Anstieg der Ölpreise in den vergangenen Jahrzehnten änderte sich diese Situation wieder zugunsten des Holzes. Dies hatte nicht nur wirtschaftlich positive Effekte für die holzbearbeitenden Betriebe, sondern es barg auch Risiken. Holz war wertvoll und damit auch interessant für Diebe. So geschah es mehrfach, dass unser älterer Herr mit dem Fuhrmann zu einem Holzpolter unterwegs war, um dieses auf seinen Lagerplatz zu transportieren und vor Ort dann lediglich noch feststellen konnte, dass das Holz nicht mehr vorhanden war. Da er das Polter bereits übernommen hatte, ging der Verlust auf seine Kosten.

Sein Unverständnis war groß. Kaum verstehen konnte er die Hinweise von Polizei und Förstern, man könne nicht den ganzen Wald rund um die Uhr überwachen, genauso wenig den Verkehr. Dazu habe man zu wenig Personal. Er solle künftig sein Holz rascher abfahren, war ein weiterer gut gemeinter Rat, der ihm jedoch wenig half. Er nutzte den Wald als Zwischenlager, wie das andere Betriebe auch taten. Die Lagerkapazitäten auf seinem Holzplatz waren begrenzt. Bitter dachte er an die Kriegszeit zurück, in der sein Vater in Lothringen sicher aus anderen Gründen aber dennoch ebenfalls viel Holz verloren hatte. Fortan bröckelte bei ihm das Vertrauen in das staatliche Fundament, auf dem er sein Leben und seinen Betrieb aufgebaut hatte.

Epilog

In den Köpfen unserer betagten Mitbürgerinnen und Mitbürger wachen viele Erinnerungen, Erfahrungen und Geschichten aus ihrem reichen Leben. Mit der Zeit schwinden diese, weil die Erinnerungskraft nachlässt oder schließlich mit dem Tod die Erinnerung ein für alle Mal erlischt. Nur ausnahmsweise werden solche Erinnerungen in schriftliche oder digitale Formen überführt und bleiben so einem größeren Kreis Interessierter erhalten.

Auch unserem älteren Herrn fällt die Erinnerung inzwischen schwerer. Seine Gedanken gleiten in die Vergangenheit, in der ihm die Welt vertrauter war, als sie es heute ist. In eine Zeit, in der seine Werte und Überzeugungen noch die der meisten Menschen waren, vor allem die Erkenntnis, dass alles, was man ausgeben wollte, zuvor verdient werden musste. Interessanterweise gibt es aus dieser Zeit nur sehr wenige Fotografien von unserem älteren Herrn und seiner Unternehmung. Sein Blick war nicht auf sich selbst gerichtet, sondern auf seine Geschäftspartner und Kunden. So etwas wie die heutige Selfie-Kultur war ihm äußerst fremd.

Seine Zeit war eine Zeit, in der aus dem Nichts eine Existenz aufgebaut werden musste. Eine Zeit, in der es keine staatlich finanzierten Rundum-sorglos-Pakete gab. Eine Zeit, in der man selbst anpackte und zuversichtlich, im

Vertrauen auf die eigene Kraft und Geschicklichkeit sowie den Rückhalt in der Familie in die Zukunft schaute. Eine Zeit, in der man nicht einen Veggieday vorschlagen musste, um den Fleischkonsum einzudämmen, denn erstens war zumindest bei Katholiken der Freitag fleischfrei, und zweitens gab es Fleisch allenfalls ausnahmsweise, vielleicht sonntags. Es war eine Zeit, in der jeder für sich und die Seinen Verantwortung übernehmen musste, Tag und Nacht, Woche um Woche, Monat um Monat. Kaum vorstellbar die Verhältnisse von heute mit ihren Ansprüchen auf auch im weltweiten Vergleich höchstem Niveau.

Kein Wunder, dass sich auf dem Boden seiner Werte und Überzeugungen seine skeptischen Bemerkungen bis heute erhalten haben: Beginnend mit: „Iss dann dess noch normal?", hörte man immer öfter: „Dess do geht nimmie lang gut!" und schließlich in jüngster Zeit:

„Wann dess do gut geht, geht nix mä schief!"

Ein Leben ohne zu arbeiten konnte und kann er sich nicht vorstellen. Nie hat er sich für Freizeitaktivitäten, Hobbies oder Vergleichbares interessiert. Was soll er tun, wenn er nicht mehr ab sechs Uhr früh auf dem Holzplatz stehen kann, wenn er nicht mehr mit seinem LKW zu seinen Stammkunden fahren kann, wenn er nicht mehr mit den Förstern Holzverträge verhandeln kann, wenn …?

Es wird wohl eine seiner größten Herausforderungen werden, die Zeit danach zu organisieren. Denn auch ihm, dem Unermüdlichen, schwindet inzwischen die Kraft, die erforderlich ist, um ein Geschäft wie das seine zu führen.

Möge ihm der Übergang im Kreise seiner Familie, insbesondere mit Unterstützung seiner Frau gut gelingen.

Uns Jüngeren mag sein Leben Ansporn sein, dafür zu sorgen, dass „nix mä schief geht".

Vom Autor bisher erschienen

Denk-mal-Gedichte und Texte zum Verschenken

Gedichte und Texte zum Nachdenken. Denken, ahnen, sich treiben lassen ist etwas Urmenschliches, macht Spaß, mitunter neugierig, manchmal auch ein klein wenig zufriedener mit sich selbst. Damit hilft es uns und uns allen.

IDBN 3-8311-0420-0, 6,50 €.

Gwen

Wie viele andere Menschen auch hatte Gwen bis vor wenigen Jahren eher oberflächlich in den Tag gelebt. Ihre aufkeimende Suche nach dem Lebenssinn verdichtet sich dramatisch bei einem Besuch der Île d'Ouessant vor der bretonischen Küste.

Ausgelöst durch eine Bemerkung eines Urlaubers am Kai vor ihrer Rückfahrt zum Festland reflektiert sie in Sekundenschnelle ihr bisheriges Leben. Ihre Gedanken kreisen dabei um sie drängende Fragen nach der erfolgreichen Pflege zwischenmenschlicher Beziehungen, dem Verhältnis Mensch zur Natur, dem wirklichen Wert des Lebens und dem Aufbruch aus der Enge des alltäglichen Lebens. Ihr gelingt es schließlich, ihre Gedanken zu einem neuen Lebensentwurf für sich und ihren Partner zu verbinden.

ISBN 3-8311-1153-7, 7,00 €

Nachhaltigkeit – eine weitere Worthülse oder ein wirksamer Beitrag zur Verringerung der Ontologischen Differenz

Nachhaltigkeit ist seit Rio 1992 in aller Munde. Sektorale Nachhaltigkeitsansätze prägen seither die Programmsprache insbesondere von Politik und

Verbänden. Dabei wird zunehmend spürbar, dass zwischen sektoralen Ansätzen neben synergistischen auch konfliktäre Beziehungen bestehen, wobei letztere derzeit bei weitem noch nicht abgearbeitet sind.

Vor diesem Hintergrund formuliert der Autor ausgehend von den forstlichen Wurzeln des Begriffs Nachhaltigkeit ein geschlossenes Konzept nachhaltiger Entwicklung. In dessen Mittelpunkt steht die nachhaltige Entwicklung der Menschheit, die durch den Überhang der von ihr bewirkten kulturellen Evolution, wie beispielhaft dargelegt wird, massive Probleme im Beziehungsgeflecht Mensch/Natur erzeugt hat. Normatives Element dieses anthropozentrisch verstandenen Nachhaltigkeitsbegriffs ist im Gegensatz zu Überlegungen etwa der Generationengerechtigkeit oder der Sicherstellung der Befriedigung von Bedürfnissen künftiger Generationen die Maxime zur Verringerung der Ontologischen Differenz: Jeder Mensch soll im Rahmen seiner Möglichkeiten hierzu durch Erkenntnis- und Erfahrungsgewinn einen weitreichenden Beitrag leisten. Hierdurch wird es möglich sein, gefährdete Beziehungen zur Natur zu entlasten und den Fortbestand der menschlichen Gesellschaft zu sichern.

So verstandene nachhaltige Entwicklung bedarf gesellschaftlicher Rahmenbedingungen, die nur von einem handlungsfähigen Staat auf der Basis einer neu gedachten Politik sichergestellt werden können. Dazu müssen Entwicklungen der Postmoderne korrigiert werden. Leitlinien hierzu werden für die Politikfelder Familie, Bildung, Energie, Umwelt und Wirtschaft entwickelt.

ISBN 3-8334-2812-0, 15,50 €

Eine Kindheit in Kaiserslautern

Mit zu den schönsten Zeiten unseres Lebens gehört unsere Kindheit. Sehnsüchte, Hoffnungen, Träume und Wünsche sind noch frei entfaltet und nicht durch die Routine des Erwachsenen-Alltags abgeschliffen.

Hermann R. Bolz schildert mit heimlicher Sympathie seine noch von den Nachwirkungen des II. Weltkriegs geprägten Kindheitserlebnisse in der Westpfalzmetropole Kaiserslautern. Impressionen aus der Vergangenheit, die ihn bis heute leise begleiten.

ISBN 978-3-8370-1437-2, 10,90 €

Waugalt

Am Ende eines Lebens erscheinen die Dinge in einem anderen Licht, stelle sich uns unerbittliche Fragen, deren Beantwortung einem Urteil über unser Handeln gleichkommt. Waugalt spürt, dass er seine schwere Krankheit nicht mehr besiegen kann. Er zieht leidenschaftlich Bilanz und ist glücklich darüber, dass es einen lieben Menschen gibt, der ihm in diesen schwierigen Tagen zur Seite steht.

ISBN 978-3-8370-7078-1, 9,80 €

Robär

Unter der Aschewolke des Yellowstone streben Robär (Robert) und zwei weitere Männer ans Ende der Welt. Ihre atemberaubende Reise ist begleitet von phantastischen Ereignissen und Begegnungen, die bei aller Surrealität drängende Gegenwartsantworten herbeisehnen.

ISBN 9-783842-354029, 9,80 €

Der Staat als Zukunftsagentur – Gesellschaft und Herrschaftssysteme in Nachhaltiger Entwicklung

Ihrem Wesen nach anthropogen und anthropozentrisch ist Nachhaltige Entwicklung gleichwohl keine neue Metaerzählung. Sie ist vielmehr die notwendige Hülle, innerhalb derer es gelingen mag, tradierte große Erzählungen zu bewahren und neue zu begründen.

Nachhaltige Entwicklung wird in erster Linie von der Gesellschaft gestaltet. Erst dort, wo gesellschaftliche Kräfte nicht mehr hinreichend wirksam sind, tritt der Staat subsidiär gewährleistend ein ko-evolutiv verknüpft bilden Staat und Gesellschaft auf diese Weise eine Verantwortungsgemeinschaft.

Die rasche Entwicklung der Menschheit, die insbesondere auf den Wirkungen der memetischen Evolution beruht, führt immer wieder zu Risiken für die Nachhaltige Entwicklung. Mit dem Instrument der Nachhaltigkeitsfolgenabschätzung versetzt sich der Staat in die Lage, diese Entwicklung zu begleiten und erforderlichenfalls ohne kritische Verzögerung Maßnahmen zur Gewährleistung der Nachhaltigen Entwicklung zu initiieren.

Wohin den Menschen seine Metaerzählungen führen werden, liegt im Raum der unbegrenzten Möglichkeiten. Dessen gestaltbare Größe hängt jedoch unmittelbar von der Gewährleistung der Nachhaltigen Entwicklung ab und ginge unmittelbar mit dieser unter. Insofern ist die Gewährleistung der Nachhaltigen Entwicklung eine notwendige Voraussetzung zur Überwindung der Kontingenz menschlichen Seins. Mit dem expliziten Bezug auf die subsidiär wirksame Gewährleistung der Nachhaltigen Entwicklung als Kernaufgabe schlüpft der Staat, schlüpfen Herrschaftssysteme in eine Rolle als Zukunftsagenturen.

ISBN 978-3-8482-5956-4, 19,90 €

Der memetische Pfad

Mit uns Menschen ist eine weitere Art der Evolution auf der Erde aufgetreten: die kulturelle, oder nach Richard Dawkins, die memetische Evolution. Durch sie überwindet der Mensch seine körperlichen Begrenzungen in atemberaubender Weise. Damit unmittelbar verknüpft ist ein ungeheures Maß an Energieumwandlung mit weitreichenden Folgen für die unbelebte und die belebte Natur. Die Wirkmächtigkeit dieser Evolution ist so gewaltig, dass man inzwischen die Zeit nach 1750 n.Chr. als das Anthropozän, also ein vom Menschen geprägtes Erdzeitalter, bezeichnet.

Nicht zuletzt durch Gen- und Biotechnik in Verbindung mit den unabsehbaren Gestaltungsmöglichkeiten, welche die modernen elektronischen Medien eröffnen, entflicht die Menschheit zunehmend die Verbindung zu ihren ursprünglichen, natürlichen Wurzeln. Der zentrale Ort dieser sich beschleunigenden Entwicklung wird die urbane Verdichtung sein. Der Weg dorthin führt über den in diesem Beitrag dargestellten memetischen Pfad. Auf dieser Wanderung kommt dem Staat als subsidiär wirksamem Gewährleister der Nachhaltigen Entwicklung eine besondere Verantwortung zu.

ISBN 978-3-7357-7740-9, 7,50 €

Im Reigen der Evolutionen

Die Menschheit lebt heute in der Zeit der großen Transformation. Die anthropogene Überlagerung der Erde zeigt Wirkungen, die dem Fortbestand der Menschheit abträglich sein können. Dazu gesellen sich Entwicklungen im Bereich der Biotechnologie sowie der künstlichen Intelligenz, deren Auswirkungen auf die Menschen und ihre Gesellschaften kaum zu überschauen sind.

In diesem Kontext identifiziert der Autor vier Evolutionen und zeigt deren Entstehung sowie Zusammenspiel auf. Dabei wird deutlich, dass es eine Reintegration des Menschen in natürliche Kreisläufe nicht mehr geben kann, sondern vielmehr eine systematische Entflechtung der Menschen insbesondere von der belebten Natur erforderlich ist. Bündelnde Wirkung kann dabei der Aufbruch in das Universum entfalten.

So wie in der Vergangenheit die memetische aus der genetischen und diese wiederum aus der materiellen Evolution emergierte, steht heute zu erwarten, dass sich erneut eine weitere Evolution auf den Weg macht: die transmemetische. Die Menschheit wäre gut beraten, sich dessen bewusst zu werden und sich mit den Auswirkungen derselben auf ihre Zukunft auseinander zu setzen.

ISBN 978-3-7448-9900-0, 9,99 €

Nachdenktexte

Nachdenken – ein wunderbares Wort einer schönen Sprache.

Vordenken, erdenken, andenken, durchdenken: Schwesterwörter von nachdenken.

Hineindenken in das Wesen der Dinge, des Seins, etwas Urmenschliches, das nur uns Menschen im Gegensatz zu unseren Mitgeschöpfen gewährt ist.

Das antizipierende „zu-Ende-denken" unseres eigenen Lebens, dessen unserer Lieben, unserer Gesellschaft.

Wir leben in der Zeit der großen Transformation. Vieles ist in diesen Tagen zu bedenken. Wie soll es weitergehen, wie wollen wir unsere Zukunft gestalten? Wie bewältigen wir den Schritt in die digitalen virtuellen Welten? Gehen wir eine Verbindung mit dem Silizium ein und starten so eine neue Art der Evolution? Oder entziehen wir uns der Macht der Daten und bleiben, wie wir heute sind, besser gestern waren?

Es gibt viel nachzudenken. Denken wir es an, um uns nicht gedankenlos in den herausfordernden Zeitläuften zu verirren.

ISBN 978-3-7528-6065-8, 6,50 €

Robär kehrt zurück

Auf dem Rückweg aus dem Eis vor der Ile d'Ouessant erkennt Robert, dass er hier seinen Gegner nicht finden wird. Deshalb beschließt er, an ein anderes Ende der Welt zu reisen. Auf dem Weg dorthin erschließt sich seinem Begleiter und ihm die Macht der Daten im Netz. Robert vermutet seinen Gegner nun im digitalen Raum, einen Datenmagier. So versuchen sie, sich dessen Zugriff zu entziehen, indem sie fortan keine elektronischen Spuren mehr hinterlassen. Ihre wiederum abenteuerliche Reise führt sie in den Westen Russlands, wo es zu einem entscheidenden Erlebnis kommt.

ISBN 978-3-7460-9117-4, 7,50 €

Die disruptive Transformation

98 % aller Arten, die jemals auf der Erde gelebt haben, sind ausgestorben. Dies ist keine Rechtfertigung für den von den Menschen zu vertretenden, heutigen Artenverlust. Es ist vielmehr ein Hinweis darauf, dass die Natur keine Nachhaltigkeit der Arten kennt. Als Folge ihrer kulturellen (memetischen) Evolution ist es der Menschheit dagegen bis zur Stunde trotz schwerster Rückschläge durch Naturereignisse und Kriege gelungen, für ihre Entwicklung stabile Rahmenbedingungen zu gestalten. Menschen sind im Gegensatz zu allen anderen Lebewesen in der Lage, weit jenseits ihrer natürlichen körperlichen und geistigen Begrenzungen handelnd zu gestalten.

Nach einer tieferen Auseinandersetzung mit dem Begriff „Nachhaltigkeit" geht der Autor auf die Wirkungen der memetischen Evolution ein. Diese beschleunigt die Entwicklung menschlicher Gesellschaften insbesondere durch die bio- und informationstechnologische Revolution. Daneben wird auf weitere Megatrends unserer Tage wie Urbanisierung, Energiebereitstellung, Herrschaftssysteme, Raumfahrt und Bildung eingegangen.

Nach einer Behandlung der Übergangsphänomene Klimawandel, Biodiversität, Bevölkerungsentwicklung und Mobilität wird der Blick auf eine mögliche transmemetische Zukunft gerichtet. Welche Rolle spielt der Mensch in einem Zeitalter denkbarer künstlicher Intelligenz und künstlichen Bewusstseins?

Ein Büchlein, das nachdenklich machen will.

ISBN 978-3-7519-0141-3, 10,50 €